Rainer Ballnus · Tödliche Experimente

Rainer Ballnus

Tödliche Experimente

und der
Mord(s)weihnachtskrimi
der NDR WELLE NORD

Verlag Michael Jung
Kiel

Titelfoto: André Hoffmann
Autorenfoto: Michael Jung

1. Auflage 1995

Lektorat: Walter J. Tahal

Gesamtherstellung:
Hans Kock Buch- und Offsetdruck GmbH, Bielefeld
ISBN 3-929596-10-5

„Oh Du Fröhliche“ oder Weihnachten - ein Mord(s)fest

Dennis Messmer lehnte sich zufrieden in seinem Sessel zurück und zog genußvoll an seiner Pfeife. Soeben hatte er wieder einen ‚großen Fisch an Land gezogen’.

Er mußte grienen, denn wie schon so häufig hatte auch dieser Geschäftspartner es probiert, ihn über’s Ohr zu hauen, doch er hatte die Rechnung ohne ihn gemacht.

„Da mußt Du Dir einen Dümmeren suchen“, murmelte er und sog kräftig an seinem Mundstück. Das gute Stück, das er erst letzte Woche für sündhafte zweieinhalbtausend Mark erstanden hatte, drohte auszugehen.

Er schaute auf den Kalender an der Wand. Es war der 1. Juni. Heute vor genau 20 Jahren hatte er seine Firma in Flensburg gegründet. ‚Fällt Dir nichts Gescheites ein - schau’ bei Dennis Messmer rein !’ - so prangte der Werbeslogan über seinem damals eröffneten Grafikunternehmen.

Und er hatte Glück gehabt, aber nicht nur das - nein, er war auch ein Meister seines Fachs. Viele namhafte Unternehmungen hatten ihm den Zuschlag gegeben, und er hatte sie - zumindest überwiegend - nicht enttäuscht.

Dennis warf einen Blick durchs Fenster und gewahrte seine Frau am Swimmingpool. Sie trocknete sich gerade ab und winkte ihm zu.
Er wollte lächeln, aber der Versuch fiel kläglich aus. Sein Innerstes verkrampfte.
Doch in diesem Moment klopfte es an der Tür, und er gab sich einen Ruck. Herein platzte Marc, der Stammhalter der Familie.
„Vati, ich hab' 'nen Job für die Semesterferien!"
Die Freude des 23jährigen Studenten über den Erfolg seiner Bemühungen war nicht zu überhören.
„Freut mich. Aber nötig hast Du es nicht, ich könnte …", reagierte der Vater nüchtern.
„Oh, der freizügige Herr Vater! Nein, nein, daraus wird nichts. Ich will auf gar keinen Fall von Euch abhängig sein", unterbrach ihn sein Sohn lauthals, und mit einem heftigen Türknallen war er wieder draußen.
Der erfolgsverwöhnte Werbegrafiker schüttelte zwar den Kopf, aber dennoch, er war stolz auf seine Kinder. Marc hatte mit 18 Jahren ein glänzendes Abitur hingelegt und studierte jetzt im achten Semester Chemie - ein harter und dorniger, aber auch ein vielversprechender Weg, wie selbst skeptische Bekannte und Verwandte anerkennend meinten.
Ja und dann war da noch der Sonnenschein der Familie: Anna-Madeleine, zwanzig Jahre jung und

frischgebackene Jurastudentin. Sie konnte zwar nicht solch einen vorbildlichen Notendurchschnitt wie ihr Bruder vorweisen, doch dafür hatte sie eine bewundernswerte Eigenschaft: Überall, wo sie auftauchte, verbreitete sie unbeschwerte Fröhlichkeit.
Nachdenklich ließ sich Dennis wieder in den schweren Sessel fallen. Wirklich, er hatte vieles erreicht und sein Leben überwiegend auf der Sonnenseite genießen können.
Es stimmte wirklich alles in dieser Familie, wenn nicht, ja wenn nicht ein furchtbares Schicksal seine Frau getroffen hätte.
Er zog die untere Schublade seines Schreibtisches auf, griff mit der einen Hand nach der Cognac-Flasche und holte mit der anderen ein Schwenkglas hervor. Mit zittrigen Händen schenkte er das Glas randvoll und kippte das köstliche Naß in einem Zug hinunter, da hörte er die Schritte seiner Frau. Eiligst packte er seine ‚Medizin', wie er gern seine Trunksucht herunterspielte, wieder an die gewohnte Stelle und kam gerade mit dem Kopf nach oben, als Carmen auch schon hereinspazierte.
„Schatz, ich muß heute um vier zum Gynäkologen, du weißt doch zu der Nachuntersuchung. Begleitest Du mich aufs Festland ?"
Sie hatte versucht, fröhlich zu wirken, aber so ganz war ihr das nicht gelungen, denn sie fürchtete sich sehr vor dem Abschlußgespräch.

Der schwache Duft von Alkohol stieg ihr in die Nase, doch sie sagte nichts, sondern schaute ihren Mann nur lächelnd an.
Dieser wirkte ein wenig verlegen und reagierte fahrig:
„Ach ja - äh - mein Schatz - äh - das hätte ich beinahe vergessen. Natürlich - äh - begleite ich Dich“, erhob sich und vermied es, ihr zu nahe zu kommen. Bisher hatte er seinen erhöhten Alkoholkonsum vor ihr verbergen können, da war er sich ziemlich sicher. Aber in der letzten Zeit packte ihn immer mehr die Sucht nach dieser Droge, und er hatte Mühe, die Abhängigkeit geheimzuhalten.
„Hoffentlich geht alles gut aus“, vernahm er noch selbst in Gedanken die Stimme seiner Frau.
„Ach weißt Du, ich bin mir da ziemlich sicher; sonst hätte Dir doch der Professor schon längst etwas gesagt, meinst Du nicht“, heuchelte er trostvoll. Doch er schämte sich, denn er glaubte selbst nicht so recht daran.
Immer häufiger ertappte er sich bei der Frage, ob er es denn überhaupt wollte, daß seine Frau wieder gesundete.
Du bist ein Schuft, schalt er sich im stillen und streichelte ihr zärtlich die Wange. Doch er spürte ganz deutlich die aufkommende Distanz, und er machte sich gar nichts vor: ihre Liebe war in höchster Gefahr.

„Wie nett von Dir, daß Du mich tröstest", gab sie sanft zurück und schmiegte ihr Haupt an seine Brust.

„So, dann laß uns gehen!"

Eigenartig unangenehm berührt schob er sie, wenn auch behutsam, von sich, und beide machten sich auf einen Weg, der für ihre Beziehung fatale Folgen haben sollte.

*

Gudrun Seiffert trommelte nervös mit den Fingern auf den Schreibtisch. In der Küche ertönte schrill der Pfeifkessel; sie hatte sich Teewasser aufgesetzt. Laut seufzend erhob sie sich schwerfällig von ihrem massiven Bürostuhl. Sie kam einfach nicht mit der Kostenkalkulation zurecht. Trotz strengster Einsparungen blieb am Ende ein nicht zu stopfendes Loch, und dabei lag es gar nicht daran, daß ihre Werbefachschule vor den Toren Husums nicht lief, ganz im Gegenteil, sie konnte sich vor regem Zulauf kaum retten. Nein, sie gab einzig und allein ihrem Ex-Mann die Schuld an diesem Desaster. Er hatte sie vor einem halben Jahr wegen einer angeblich großen Liebe verlassen und sich in die Vereinigten Staaten abgesetzt. Natürlich hatte er sein Geld aus dem Unternehmen herausgezogen, und dieses rücksichtslose Verhalten hatte sie in diese verzwickte Lage gebracht.

Je intensiver sie darüber nachdachte, umso wütender wurde sie. Aufgebracht schleuderte sie den Kugelschreiber in die Ecke und zündete sich eine Zigarette an. Sie inhalierte den Rauch hörbar und so heftig, daß ihr regelrecht schwindelig wurde. Voller innerer Unruhe schaltete sie das Radio ein.

„Wir wollen niemals auseinander geh'n.“ Laut und wie eine Ironie des Schicksals drang diese Melodie der 60iger Jahre an ihr Ohr.

Die allein gelassene Unternehmerin stampfte mit dem rechten Fuß auf den Boden und drückte die Austaste so rasant, daß der gesamte Klimperkasten einige Zentimeter nach hinten rutschte und eine kostbare Kristallvase zerschlug. Das machte sie noch wütender, insbesondere deshalb, weil ihr in diesem Augenblick bewußt wurde, daß dieses wertvolle Stück ein Geschenk ihres Mannes zum letzten Hochzeitstag war. Vor Wut schnaubend schleuderte sie die Reste des Präsentes gegen die Zimmertür - klirr!!

„So, nun ist mir wohler“, kommentierte sie ihren Anfall, griff nach der halb heruntergebrannten Zigarette und ließ sich auf ihren Stuhl fallen.

Wenn auch widerstrebend machte sie sich wieder an ihre Berechnung, aber sie war nicht mehr so recht bei der Sache. Das lag daran, weil urplötzlich ein anderer Mann vor ihrem geistigen Auge stand: Dennis, der Mann ihrer besten Freundin. Er hatte sie schon immer interessiert, und sie wäre ihm gern etwas näher gekommen. Aber die enge Verbundenheit zu Carmen und nicht etwa die Beziehung zu ihrem ehemaligen Mann hatte sie davon abgehalten.

Doch nach der schrecklichen Diagnose der Krebserkrankung und der Entstellung durch die Operation an der Brust meinte sie bei ihm eine Seite entdeckt zu haben, die sie nie zuvor bemerkt hatte. Bei ihren letzten Besuchen - und sie ging in dem Hause Messmer ein und aus - hatte er sie länger als eigentlich nötig angeschaut, was heißt angeschaut, seine Blicke hatten etwas Forderndes. Sie hatte sie zumindest so gedeutet. Gestärkt worden war sie an dem letzten Abend in seinem Haus, als er seine Hand auffällig lange auf ihrem Oberschenkel hatte ruhen lassen.

Gudrun setzte sich nicht erst seit heute damit auseinander. Es reifte bei ihr der Entschluß, ihn für sich zu gewinnen, und zwar um jeden Preis. Wer konnte schon wissen, wie lange Carmen überhaupt noch zu leben hatte, und außerdem verstand sie ihn völlig, daß er ihre Nähe suchte, denn schließlich war er doch ein Mann!

Am Anfang hatte sie solche Gedanken als Gemeinheit empfunden und immer von sich gewiesen, aber so allmählich traten die Skrupel immer

weiter in den Hintergrund und machten einem ausgeklügelten Eroberungsplan mehr und mehr Platz.
Carmen mußte und sollte davon natürlich nichts wissen, so viel Anstand besaß sie nun doch noch.
Natürlich wollte sie eine Ehe mit ihm, nicht zuletzt deshalb, weil er ihr mit seinem beträchtlichen Vermögen aus der Klemme helfen konnte.
Das Problem war nur, dieses Vorhaben richtig einzufädeln. Sie wußte nicht, daß sich ihr Beziehungsfaden schon unmittelbar vor dem Nadelöhr befand!

*

Ungeduldig schaute Dennis auf seine goldene Armbanduhr. Bereits eine geschlagene Stunde war Carmen nun schon bei ‚ihrem' Professor, wie sie ihn immer liebevoll nannte.
Er atmete hörbar aus und griff sich erneut eine Illustrierte.
„Da steht ja doch nichts Gescheites drin“, meinte ein anderer, auch wartender Patient ironisch, doch er ließ sich nicht stören, sondern blätterte trotzdem in dem Magazin, ohne allerdings richtig zu lesen. Die Gedanken um den Untergang des einstigen Eheglücks ließen ihn schon seit Tagen und Wochen nicht mehr los.
Natürlich hatte er ihr immer wieder aufs neue versichert, daß seine Liebe trotz ihres Leidens

ungebrochen sei, doch er selbst wußte nur zu genau, daß er log.
Außerdem konnte er sich nicht des Gefühls erwehren, daß sie seine Beteuerungen gelegentlich anzweifelte, weil er doch immer häufiger Ausreden gebrauchte, um ein Intimsein zu umgehen.
Und sie hatte ja recht. Er hatte es am Anfang selbst nicht wahrhaben wollen, aber dann wurde es bei ihm zur bitteren Erkenntnis: Er liebte sie nicht mehr. Er empfand für sie nur noch Mitleid.
Zu Beginn hatte er seinen Gedanken noch Einhalt geboten, wenn die Phantasie mit ihnen durchging, doch in letzter Zeit drängte sich immer mehr die Frage auf, wie es weitergehen sollte. Er war ein Mann, und in den letzten Wochen ertappte er sich einige Male dabei, daß er Gudrun geradezu mit seinen Blicken verschlang. Nie zuvor hatte er ein solches Begehren verspürt. Selbstverständlich hatte er ihr nach dem Fiasko mit ihrem Mann besonders zur Seite gestanden, aber die Ratschläge waren stets freundschaftlicher Natur gewesen. Nein, nein, das meinte er damit nicht, sondern eher die Feststellung, daß ihre Nähe bei ihm Begierden weckten.
„Herr Messmer bitte!"
Dennis ließ vor Schreck das Heft fallen und schaute irritiert in das freundliche Gesicht der Sprechstundenhilfe.

„Der Professor möchte Sie gern sprechen“, fuhr sie mit sympathisch klingender Stimme fort.
„Ja, natürlich“, war seine einzige Reaktion. Mit etwas wackeligen Knien betrat er das Sprechzimmer. Er sah den angsterfüllten Blick seiner Frau.
„Wie lange noch, Herr Professor?“ fragte sie mit tränenerstickter Stimme.
Der Arzt erfaßte ihre Rechte, streichelte sie und hob leicht die Schultern. Das waren die Augenblicke, die er als Mediziner haßte. Seine Kehle war ausgetrocknet, als er in möglichst ruhigem Ton meinte:
“Das allein liegt in Gottes Hand, Frau Messmer“ und zu dem Ehemann gewandt: „Bereiten Sie sich viel Freude.“
Dabei schaute er ihn eindringlich an.

Schweigend saßen sie im Auto. Er lenkte den schweren Wagen auf die Fähre nach Wyk auf Föhr. Carmen konnte nicht einmal mehr weinen; sie fühlte sich innerlich völlig ausgebrannt.
Es haben sich Metastasen gebildet. Dieser vernichtende Satz klang immer noch in ihren Ohren. Leise Hoffnung schöpfte sie bei dem Gedanken, daß ihr der Professor eine Bestrahlung verordnet hatte. Man hört und liest immer wieder von Patienten, die wieder völlig gesundeten, versuchte sie sich Mut einzuflößen.

Mit verquollenen Augen schaute sie ihren Mann von der Seite an. Was in ihm wohl vorging, fragte sie sich gerade, da hörte sie ihn auch schon:
„Andere haben es auch geschafft, Liebling, Du wirst doch auch diese Klippe überwinden."
Das war alles. Er hatte nur von ‚Du' gesprochen. Warum hatte er nicht gesagt, daß ‚wir' es gemeinsam schaffen würden? Wollte er überhaupt, daß sie sich erholte? Oder wollte er sie gar los sein? Diese und ähnlich schreckliche Gedanken quälten sie und das nicht zum ersten Mal. Längst hatte sie mitbekommen, daß zwischen ihm und Gudrun etwas lief.
Hätte sie Gedanken lesen können, wären ihre Fragen beantwortet worden, denn Dennis hatte sich in diesem Augenblick für ihre einst beste Freundin entschieden.
Innerlich zufrieden ließ er den Wagen vor der Garageneinfahrt langsam ausrollen. Das war die Lösung, fand er, und hatte dabei nicht einmal ein schlechtes Gewissen.

*

„Arme Carmen, wie können wir Dir nur helfen?"
Gudrun streichelte ihr über den Oberarm.
Die krebskranke Frau schaute ihre ehemals engste Vertraute lange und durchdringend an. Wie kann man nur so durchtrieben sein, dachte sie

grimmig, und sie spürte deutlich Zorn aufsteigen. Während der Unterhaltung in den letzten beiden Stunden hatte sie die Blicke, die die beiden ausgetauscht hatten, natürlich mitbekommen.
Ihr Herz brannte, und am liebsten hätte sie ihren Schmerz herausgeschrien. Doch sie hatte sich zusammenreißen können, aber Haß überkam sie, Haß insbesondere gegen Gudrun. Nie würde sie ihr verzeihen, und so reifte schon in dieser Stunde in ihr ein mörderischer Plan.
Dennis war aufgesprungen.
„Ich bringe Gudrun nur noch zur Tür."
Er war froh, daß sie jetzt ging, denn ihm war nicht entgangen, daß die heimlichen Liebesbezeugungen zwischen Gudrun und ihm seiner todkranken Frau nicht verborgen geblieben waren.
Vergeblich hatte er versucht, Gudrun ein Zeichen zu geben, aber er hatte den Eindruck, daß sie nicht verstehen wollte. Ihn wurmte es in jedem Falle, und so raunte er ihr jetzt zum Abschied zu: „So geht das nicht, Gudrun, darüber müssen wir noch einmal reden!"
Doch sie lachte nur laut auf und ließ einen verdutzt dreinschauenden Ehemann zurück. Laut hallten die Schritte ihrer Stöckelschuhe durch die Nacht.

*

Der erfolgreiche Grafiker hielt es zu Hause einfach nicht mehr aus. Sie hatten kaum noch gemeinsame Berührungspunkte, und so nahm er jede sich nur bietende Gelegenheit wahr, um auszurücken. Nicht nur, daß ihn das Schweigen erdrückte, nein er fühlte sich mehr und mehr zu Gudrun hingezogen.

Am Anfang hatte er noch diverse Ausreden geschäftlicher Natur erfunden, um aus dem Haus zu kommen, aber seit einigen Tagen wählte er den direkten Weg; mochte sie doch denken, was sie wollte, trotzte er innerlich.

„Ich geh' nur noch auf einen Sprung zu Gudrun, mein Schatz. Du weißt doch, sie ist in arger Verlegenheit. Vielleicht kann ich ihr irgendwie helfen."

„Soll ich das wörtlich nehmen?" fragte Carmen bissig zurück. Er stutzte kurz, dann begriff er, schlug zornig die Tür zu und verließ das reetgedeckte Anwesen. Geh' nur, dachte sie verbittert, bald wirst du keinen Grund mehr haben. Der Hausgong riß sie aus ihren finsteren Gedanken, und vor der Tür stand eine alte Schulkameradin aus Eckernförde, die sie schon seit Urzeiten nicht mehr gesehen hatte.

„Evchen, Du jetzt schon?!" Carmen war ehrlich überrascht. Die Freundin hatte zwar letzte Woche ihren Besuch angekündigt, aber so plötzlich hatte sie noch nicht mit ihr gerechnet.

„Carmen, ich bitte um Vergebung, aber mein holder Göttergatte hatte von einer Stunde zur anderen eine Terminverschiebung, und so ergab sich für mich jetzt die günstige Gelegenheit. Bist Du mir sehr böse ?“

„Im Gegenteil, ich freue mich riesig.“

Allein durch Evchens gewinnendes Lächeln war ihr jede Chance zum Schmollen genommen worden. Sie führte ihren Gast ins Kaminzimmer.

„Gemütlich habt Ihr es und so prunkvoll“, meinte diese anerkennend, doch dann stutze sie und blickte ihre ‚uralte’ Freundin prüfend an.

„Du gefällst mir aber gar nicht, Du siehst sehr angeschlagen aus !“

Carmen hatte inzwischen gelernt, mit ihrer bösen Krankheit zu leben. Deshalb brach sie jetzt auch nicht in Tränen aus, sondern reagierte eher gelassen: „Weißt Du, Evchen, mein Leben liegt in des Schöpfers Hand.“

Ihre sonst so temperamentvolle Freundin runzelte die Stirn. Das war ihr einfach zu wenig, und so mußte die leidgeprüfte Carmen von Anfang an erzählen. Jede Kleinigkeit interessierte ihre einstige Weggefährtin.

„So, nun weißt Du aber wirklich alles“, war sie am Ende angelangt. Doch Evchen mochte das noch nicht so recht begreifen.

„Und Dein Mann, wie steht der zu Dir ?“

„Ach weißt Du, das ist eigentlich das traurigste Kapitel. Ich will auch dieses lückenlos vor Dir aufschlagen. Es begann ..." und Carmen redete sich die geballte Last von der Seele.
„Und wie lange erträgst Du diese Höllenqualen", wollte Evchen zum Schluß noch wissen und streichelte ihr mitfühlend über die Arme.
„Seit sieben Wochen habe ich keinerlei Zweifel mehr."
Die betrogene Ehefrau preßte die Lippen so hart aufeinander, daß sie weiß wurden.
„Diesen hundsgemeinen Kerl würde ich umbringen", empörte sich spontan die Freundin, und jetzt war es Carmen, die zum ersten Male seit der angeregten Unterhaltung ein verschmitztes Lächeln zeigte.

*

„Ich will die Scheidung und das sofort!!"
„Aber Gudrun, nun sei doch bitte vernünftig. Wir können doch vieles gemeinsam planen. Denke doch bitte auch einmal an Carmen. Immerhin warst Du Ihre beste Freundin, und irgendwie muß sie Dir doch leid tun!"
„Sie weiß doch ohnehin, was mit uns beiden los ist", ließ sie nicht locker.
So ging das nun schon seit zwei Stunden, und

Dennis steckte in einer Zwickmühle: Auf der einen Seite wollte er gern einen Schlußstrich ziehen und mit Gudrun neu beginnen, aber auf der anderen Seite plagte ihn das Gewissen.

„Gib mir bitte noch etwas Zeit", versuchte er es nochmals, doch seine Geliebte platzte vor Wut.

„Wenn Du keine Courage hast, dann übernehme ich das und dann!"

Sie legte betont eine Pause ein.

„Und dann hättest Du Dir gewünscht, es doch selbst getan zu haben."

Der hin- und hergerissene Ehemann erkannte in ihren Augen etwas Böses.

„Was meinst Du damit?" fragte er mit einem drohenden Unterton.

„Du wirst es erleben", lächelte sie zynisch.

Dennis begann zu kochen. Für einen Moment verlor er die Beherrschung und stürzte auf sie zu, doch er stolperte über die Teppichkante und schlug lang hin. Sie flüchtete sich in die Toilette und lachte höhnisch.

„Außerdem gibt es da noch etwas, um Dich gefügig zu machen!" zischte sie hinter der verschlossenen Tür.

Dennis rappelte sich auf; er hatte sich innerlich gefangen und verließ wortlos ihr Haus. Dabei hatte er ihren letzten Satz noch deutlich im Ohr. Was meinte sie nur damit, zermarterte er sich

sein Gehirn, aber er konnte sich keinen Reim darauf machen.
In seinem Büro gab er sich einen Ruck. „Du mußt dich entscheiden Dennis“, sprach er zu sich selbst. Aufgrund der in der letzten Zeit häufigen und nervenaufreibenden Streitereien mit Gudrun fragte er sich ohnehin, ob es überhaupt Liebe war, die ihn in ihre Arme getrieben hatte. Dieser Zwiespalt zermürbte ihn. Er konnte Carmen gar nicht mehr unter die Augen treten, und seine Kinder, was mochten die nur denken. Er hatte es bisher nicht gewagt, mit ihnen darüber zu sprechen.
Diese schwerwiegenden Probleme überstiegen schier seine Kräfte und ließen ihn noch häufiger denn je zur Flasche greifen, so auch jetzt.
Innerhalb weniger Minuten hatte er drei Glas geleert. Plötzlich mutig geworden, kam ihm ein rettender Gedanke, den er aufs neue begießen mußte. Nach einer weiteren Stunde ging ihm seine arme, kranke Carmen nicht mehr aus dem Kopf, und er heulte wie ein Schloßhund.
Fest entschlossen, sie um Verzeihung zu bitten und mit Gudrun endgültig Schluß zu machen, erhob er sich schwankend aus seinem Sessel und steuerte die Tür an. Doch er kam nicht weit. Zum zweiten Mal an diesem Tage stolperte er, fiel wie ein Sack auf den schweren Berber und fand keine

Kraft mehr, sein Vorhaben in die Tat umzusetzen. Er rollte auf den Rücken, starrte mit glasigen Augen an die Zimmerdecke, und nach wenigen Augenblicken ließen laute Schnarchgeräusche selbst die Bilder auf dem Flur erzittern.

*

Anna-Madeleine klopfte energisch mit dem Zeigefinger auf die Marmorplatte.
„So geht es jedenfalls nicht mehr weiter!"
„Du hast recht", pflichtete Marc ihr bei.
„Die Frage ist nur, wie wir das anstellen wollen."
Die beiden Geschwister unterhielten sich zum x-ten Male über ihre Eltern. Seit Monaten erlebten sie den Zerfall ihrer Mutter, nicht nur wegen der Krankheit, sondern auch wegen des mitleidlosen Benehmens ihres Vaters und vor allem ihrer dereinst besten Freundin.
„Vater hat es bisher nicht für nötig erachtet, mit uns darüber zu sprechen. Wahrscheinlich ist er zu feige", meinte Marc verächtlich, „und außerdem verfällt er immer mehr dem Alkohol."
„Das stimmt", nickte seine Schwester, „das heißt allerdings, seit einigen Wochen scheint er mir enthaltsamer geworden zu sein. Sein Gang ist bedeutend sicherer geworden, und er verbreitet nicht mehr eine so entsetzliche Fahne."
Was war nur aus ihm geworden. Irgendwie tat er

ihnen auch leid, und die Hauptschuld gaben sie ohnehin Gudrun, diesem hinterhältigen 'Biest'. Sie ließ sich zwar nur noch selten blicken, aber gelegentlich war sie doch noch so dreist, ihrer todkranken Freundin einen Besuch abzustatten. In diesen Situationen war es wie verhext, weder die Mutter noch sie als die erwachsenen Kinder brachten den Mut auf, mit der Faust auf den Tisch zu schlagen und dem Spuk ein Ende zu bereiten.

„Sie muß weg!" kam es kalt über Marcs Lippen.

Seine Schwester drehte sich erschrocken zu ihm um.

„Wie meinst Du das?" fragte sie nichts Gutes ahnend.

„Wie ich das sage: Sie muß weg und zwar für immer!"

„Du - Du meinst umbringen! ?!"

„Umbringen, wer spricht denn von umbringen", unterbrach er seine Schwester barsch und fuhr ironisch fort:

„Ein Unglück wird es sein, das die Gute dahinrafft!"

Sie staunte zunächst nur ungläubig, doch dann zeigte sie sich interessiert:

„Und wie willst Du das anstellen?"

„Paß mal auf, Kleines ...", begann er großtuerisch, doch dann stutzte er, „ich weiß gar nicht, ob ich

Dir das sagen darf, Du willst doch schließlich Richterin werden."

„Du hast im Prinzip natürlich recht, Marc, aber wir diskutieren jetzt schon seit Monaten, wie wir die Katastrophe letztlich doch noch abwenden können, und ich habe irgendwie das Gefühl, daß unsere Mutter gar nicht an ihrer Krankheit zerbricht, sondern sich zu Tode grämt, und das möchte ich um alles in der Welt verhindern."

Mit den letzten Worten hatte sie auch ihre Stimme erhoben und innerlich aufkommende Bedenken zerstreut.

Marc hatte sich das Plädoyer seiner Schwester ernst angehört und dann zustimmend genickt.

„Also gut, Schwesterlein, dann hör' mal genau zu ..." und er weihte sie in alle Details des Todesplanes ein.

*

Das Telefon läutete.

„Ja bitte", meldete sich Carmen Messmer mit leiser, aber fester Stimme.

„Evchen hier, ich wollte nur hören, wie es Dir geht und vor allen Dingen fragen, wie weit Dein Vorhaben - Du weißt schon - gediehen ist?"

„Du wirst Dich wundern", gab die kämpfende Ehefrau auflachend zurück, „ich bin zwar körperlich ein Wrack, aber mein Verstand, der ist noch in Ordnung, und so habe ich meinen Plan zwar geändert, aber dennoch enorm vorangetrieben. Ich habe nämlich doch noch etwas zu verlieren. Das verstehst Du doch?"

„Ja, natürlich, aber diese Schurkin, soll die weiterleben?"

Die Freundin war ganz außer sich.

„Wenn Du es nicht fertig bringst, dann erledige ich das!"

Das klang sehr energisch.

„Keine Angst, meine Liebe, es geht nur um technische Feinheiten. Aber Du wirst verstehen, daß ich Dir das am Telefon nicht erläutern kann. Wie wäre es mit einem kurzen Wochenendbesuch bei mir. Ich selbst fühle mich noch immer nicht reisefähig..."

„Schon angenommen, ich kann Dir dann auch sicherlich noch mit einigen Tips behilflich sein", unterbrach ihre Jugendfreundin sie aufgeregt und bedankte sich nochmals für die Einladung.

Carmen legte nachdenklich den Hörer auf. Sie wunderte sich über sich selbst. Eine solche Eiseskälte bei der Planung eines Verbrechens hätte sie bei sich nie im Leben vermutet. Waren es der abgrundtiefe Haß und die nicht zu beschreibende Enttäuschung, die sie dazu befähigten? Sie zuckte mit den Schultern. Gelegentlich überfiel sie Angst, und sie wollte schon mehr als einmal

aufstecken, doch ihre Gefühle gegenüber ihrer jetzigen Erzrivalin verdrängten die Gewissensbisse.
Ihren Mann liebte sie nach wie vor, denn nur so war es ihr erklärbar, daß sie ihn gedanklich immer noch verteidigte. Mein Gott, sie war ja nun auch wahrlich keine Schönheit mehr, und wenn sie sich gelegentlich im Spiegel betrachtete, so erschrak sie jedesmal.
„Aber sie, dieses Mist ...“, Carmen biß sich auf die Lippen.
„Du darfst dich nicht so ereifern“, schalt sie sich, „Emotionen sind für Deine Strategie tödlich!“

*

Dennis Messmer zog die untere Schublade seines wuchtigen Schreibtisches auf und - brachte sie gleich wieder in die Ausgangsstellung zurück.
‚Bleib' stark alter Junge, du brauchst einen klaren Verstand.' Er wiederholte diese Devise einige Male am Tag und hatte bis jetzt auch Erfolg damit.
Innerlich hatte er sich nach einem verzehrenden Kampf entschieden. Gudrun, die ihn fest in ihren Krallen glaubte und ihn hörig machen wollte, war dabei auf der Strecke geblieben.
Das schlechte Gewissen, das übermächtige Mitleidsgefühl, ja und wohl doch noch ein Funke von Liebe zu Carmen hatten seine anfängliche Skrupellosigkeit besiegt.

Und die Kinder! Ihnen mochte er gar nicht mehr unter die Augen treten. Ihre strafenden Blicke trafen ihn ungeheuer tief.
Geschäftlich machten ihm natürlich auch die mangelnden Aufträge zu schaffen. In den letzten Monaten waren sie rapide zurückgegangen. Seine Partner zeigten zwar ein gewisses Verständnis, das ging aber nicht so weit, seine zum Teil dilettantischen Entwürfe zu tolerieren.
Es war zum Auswachsen, Dennis fluchte leise vor sich hin. Er konnte sich einfach nicht auf seine Arbeit konzentrieren, und seine innere Zerissenheit lähmte seine Schaffenskraft kolossal.
Hinzu kam noch, daß Gudrun für den Fall, daß er nicht mitspielte, ihn zu erpressen drohte. Sie wußte von einer Fahrerflucht mit tödlichem Ausgang, die schon Jahre zurück lag, und darüber würde sie der Kripo Mitteilung machen.
Dennis sprang von seinem Sitz hoch.
„Ich habe keine andere Wahl!“
Er griff zum Telefon und wählte eine Nummer aus dem Gedächtnis.
„Bender“, meldete sich eine sonore Stimme am anderen Ende.
„Dennis hier. Horst, alter Junge, ich weiß, daß ich mich lange nicht gemeldet habe, aber ich bin in einer furchtbaren Klemme, ich benötige unbedingt Deinen Rat.“

„Wo brennt's denn", hakte dieser nüchtern nach.
„Das kann ich Dir am Telefon nicht sagen, bitte gib mir keinen Korb!"
„Das hört sich ja wirklich wichtig an. Also gut, sagen wir nächste Woche..."
„Das ist für mich zu spät, geht es nicht heute noch, bitte Horst!"
„Okay Dennis, weil Du es bist, dann komme bitte sofort."
„Danke, so in zwei Stunden, Du weißt die Fähre!"
Erleichtert legte er auf und atmete hörbar aus. Er wußte, daß sein Freund schweigen konnte und er wußte auch, daß er ein passionierter Bastler war, und das war für seine Idee, die bei ihm immer mehr Gestalt annahm, von außerordentlicher Wichtigkeit.

„Du scheinst ja wirklich in Not zu sein."
Horst Bender in Niebüll öffnete schmunzelnd die Tür. Doch das Lächeln verging ihm, als er in das Gesicht seines Freundes schaute.
„Junge, wie siehst Du denn aus? Möchtest Du einen starken Kaffee, damit Du wieder zu Kräften kommst?"
Dennis nickte nur stumm und ließ sich auf den erstbesten Sessel im Wohnzimmer fallen.
Wenige Augenblicke später reichte der Elektronik-Fachmann seinem Freund das heiße Gebräu und ermunterte ihn:

„Nun schütt' Dein Herz aus, Dennis, ich bin ganz Ohr."
„Ja weißt Du, es fällt mir schwer, den richtigen Einstieg zu finden ..."
„Betrachte mich als Deinen Kummerkasten", unterbrach Horst ihn und klopfte ihm kameradschaftlich auf die Schulter.
„Also gut, Horst, es hängt mit Carmen zusammen, Du weißt ja, daß sie ..." und Dennis Messmer redete und redete über das, was ihn schier ein Jahr lang innerlich zerfraß und auch darüber, wie er nach seiner Meinung aus dieser Sache herauskommen konnte ... „ihr Tod muß natürlich als ein Unfall getarnt werden."
Dennis fuhr sich mit der Zunge über die trokkenen Lippen und lehnte sich erschöpft zurück. Gebannt schaute er seinen Freund an.
Dieser antwortete nicht gleich, sondern schien nachzudenken.
„Und was ist, wenn Carmen stirbt? Dann bleibt Dir nichts. Hast Du das einkalkuliert?"
„Natürlich", nickte Dennis, schon froh darüber, daß Horst nicht gleich abwinkte.
„Aber erstens glaube ich nicht an ihren Tod. Sie kämpft verbissen, und zweitens wär' mein Leben dann ohnehin verpfuscht. Nein, nein, ich hab' das alles sehr wohl durchdacht, und ich muß Dir sagen...", er wurde ganz leise, „ich,

ich …“, weiter kam er nicht. Tränen traten in seine Augen.
Sein Freund erwiderte nichts, sondern hüllte sich die nächsten Minuten in Schweigen.
„Es gäbe da eine Möglichkeit“, begann er danach zögernd, „ich weiß ja, daß Ihr in der Vergangenheit stets den Heiligen Abend in der Kirche begonnen habt und daß Gudrun, weil sie dort stets und ständig fror, ein … .“ Horst beugte sich nach vorn, sah Dennis ernst in die Augen und unterbreitete ihm seinen Vorschlag, wie seine Ex-Geliebte diese Andacht nicht überleben würde.
„Wenn Du Dich endgültig entschieden hast, gebe ich Dir die Einzelheiten, mündlich, versteht sich, und dann überlasse ich Dir alles, aber auch wirklich alles. Ich würde vor jedem Gericht der Welt bestreiten, mit Dir jemals darüber gesprochen zu haben!“ schloß er und unterstrich durch eine eindeutige Geste den Ernst seiner Warnung.
Dennis sprang hoch.
„Junge, das ist ideal. Da kann überhaupt nichts schiefgehen!“
Er umarmte seinen Freund überschwenglich und verabschiedete sich herzlich von ihm.
Draußen schlug er sich im kalten Nordwind den Mantelkragen hoch und steuerte zielstrebig sein Zuhause an. Er sah wieder Licht am Ende des Tunnels.

*

„Nach dem Gesetz müßte ich eigentlich alles unternehmen, um Dein Vorhaben zu vereiteln!“
Belehrend hob Anna-Madeleine ihren rechten Zeigefinger. Marc hatte sich gerade die Einwürfe seiner Schwester angehört. Doch er wollte sich unter keinen Umständen von irgend jemandem davon abbbringen lassen. Er hatte keine Lust, mitzuerleben, wie seine Mutter ‚vor die Hunde' ging und das nur, weil ein gewissenloses Weibsbild keine Grenzen kennt.
„Du weißt eben von nichts, und wer um alles in der Welt sollte Dir schon etwas beweisen können“, wiegelte er auch ihren letzten Einwand ab.
„Und innerlich, wenn Du ganz ehrlich bist, siehst Du doch auch keinen anderen Ausweg oder?“
Seine Blicke durchbohrten die Schwester förmlich.
Anna-Madeleine zuckte mit den Schultern und schwieg. Natürlich gäbe es Möglichkeiten, dachte sie für sich. Wir könnten alle weit, weit wegziehen. Doch eine Patentlösung wäre es sicherlich auch nicht.
„Na Schwesterchen, in Dir arbeitet es wohl ganz schön hier oben, was?“
Er umfaßte sie liebevoll und tippte mit dem Zeigefinger an ihre Stirn.
„Mir ist auch keine Alternative eingefallen. Glaub' mir bitte, sie hat das Recht verloren zu leben. Ich

will mich nicht als Richter aufspielen, aber ich muß Dir noch ein Geheimnis anvertrauen. Als ich vor einigen Tagen vom Tennis nach Hause kam, da sah ich im Lichtschein von Gudruns Wohnzimmerfenster die beiden stehen und lebhaft diskutieren. Ich gebe ja zu, daß das Lauschen eine Schande ist, aber ich habe es getan, und Du wirst staunen, was ich gehört habe: ‚Ich bring' Dich ins Kittchen, wenn Du nicht nachgibst!' war nur ein Zitat von dieser ‚Hexe'. Ich glaube, unser sauberer Herr Vater hat 'ne richtig krumme Sache gedreht. Er wand sich in dem Wortgefecht wie ein Aal, so daß ich den Eindruck gewann, daß er tatsächlich ‚Dreck am Stecken' hat."
Er hielt inne und wartete auf eine Reaktion seiner Schwester. Ihr Gesichtsausdruck zeigte ihm schon, daß die Worte ihre Wirkung nicht verfehlt hatten.
„Sollten wir nicht noch einmal versuchen, mit Dad darüber zu reden, denn immerhin macht sie sich auch wegen einer Erpressung strafbar", dachte die angehende Juristin laut nach.
„Zwecklos meine Liebe, Du weißt, wir haben es mehrfach vergeblich versucht, und auch ich habe nach dem Gehörten noch einen Anlauf unternommen, vergebens. ‚Das verstehst du nicht', war sein einziger Kommentar."
Marc drückte sie in den Sessel, beugte sich nach vorn und sah ihr direkt ins Gesicht:

„Ich verspreche Dir, daß niemand dahinterkommen wird. Du kannst meinen Chemiekenntnissen vertrauen!"
Lange schauten sie sich an, dann nickte sie unmerklich.
„Ich verstehe nur nicht, warum Du ausgerechnet den Heiligen Abend für Deinen raffinierten Plan mißbrauchst. Jeder andere Tag würde es doch auch tun."
„Leider nein", schüttelte er bedauernd den Kopf. „Wir wissen beide, daß sie an dem Tag nach dem Kirchbesuch stets bei uns einkehrte und sich fast immer in Alkohol ertränkte, und wie ich von Mami gehört habe, stellt sie sich auch in diesem Jahr darauf ein. Und das ist meine Chance, schau' mal...", er beugte sich wieder nach vorn, und eindringlich führte er ihr plastisch vor Augen, warum er ausgerechnet das Fest der Liebe mit diesem Akt einläuten mußte, „... und für mich war wichtig, daß ich nicht selbst Hand anlegen muß!" beendete er mit Nachdruck seine teuflische Idee.
Anna-Madeleine sagte nichts, sie saß nur da und grübelte, doch dann wandte sie sich zu ihrem Bruder und drückte seine Hände. Ihre Augen waren feucht.
Marc verstand sie. Er wußte jetzt, was er zu tun hatte.

*

Evi verharrte einen Moment vor der Prachtvilla. Sie konnte sich gar nicht satt sehen an diesem geschmackvollen Anwesen. Aber was nützte schon das herrlichste Schloß, wenn... seufzend drückte sie neben der kunstvoll geschnitzten Eingangstür die Klingel. Ein melodischer Gong ertönte.
„Komm' herein, fein, daß Du da bist. Hattest Du eine gute Fahrt?"
Freudig begrüßte Carmen ihre treue Jugendgefährtin.
„Hör' auf, die Bundesbahn, nein, ich sage Dir, das ist das reinste Abenteuer!" meinte sie abfällig und unterstrich die Bemerkung mit einer eindeutigen Geste. „Aber nun bin ich hier, und ich muß Dir sagen, ich freue mich riesig auf ein Wochenende mit Dir."
Dabei streichelte sie Carmens Wange.
„Auch ich habe es kaum erwarten können. Wir haben uns ja soviel zu erzählen."
Bei den letzten Worten schaute sie Evchen vielsagend an und wurde ganz leise; dabei hielt sie den Zeigefinger an den Mund und deutete mit der anderen Hand auf das Arbeitszimmer ihres Mannes. Die Freundin verstand sofort und ließ sich in den Sessel fallen. Ihr Blick fiel nach draußen. Es schneite.
„Schau Dir diese Pracht an; hoffentlich hält

das bis Weihnachten an“, meinte sie begeistert. „Ich weiß nicht recht, es sind doch noch gut zehn Tage bis zum Fest, und Du kennst unser maritimes Klima: Unbeständig und mild ist unsere beständigste Vorhersage“, gab Carmen ironisch und skeptisch zugleich zurück. Sie fühlte, wie ihre Freundin sie von der Seite anschaute.

„Ich weiß, ich muß dringendst zum Friseur“, versuchte sie ihre Gedanken zu erraten und fuhr sich mit der Hand durch die arg strapazierten Haare.

„Das meine ich nicht“, schüttelte Evchen ihren Lockenkopf.

„Ich finde, daß Du ein wenig frischer wirkst als bei meinem letzten Besuch. Komm', laß Dich einmal gründlich mustern“, meinte sie scherzhaft und ließ den Worten gleich Taten folgen.

„Wirklich, Deine Gesichtsfarbe ist längst nicht mehr so aschfahl. Es wird schon werden.“

Sie spürte, wie Carmens Augen feucht wurden. Mitfühlend drückte sie ihre Freundin an sich, und diese erwiderte den Druck. Doch dann löste sie sich sanft, aber bestimmt aus dieser Umarmung.

„Ich habe noch einige Fragen, und jetzt ist die Gelegenheit noch günstig.“

Ihr Blick ging wiederum zur Arbeitszimmertür.

„Ich habe zwar alles vorbereitet, doch bei einigen Details kann ich auf Deinen Rat nicht verzichten.“

Sie wußte, daß Evchen über Jahre aktiv im Sportschützenverein mitgewirkt hatte und in spezieller Waffentechnik ausgebildet war.
„Ja, Du hattest das in Deinem letzten Brief ja schon angedeutet, mir aber auch zu verstehen gegeben, daß Du kein Risiko eingehen und lieber alles unter vier Augen erörtern möchtest."
„Genau, Evi, ich stelle mir das wie folgt vor..."
und mit gedämpfter Stimme weihte sie ihre Verbündete nunmehr in alle Einzelheiten ein. Diese runzelte zwar zwischendurch einige Male die Stirn, doch Carmen fuhr unbeirrt fort. Fast fanatisch wirkte sie auf Evchen. Aber ‚Hut ab' dachte diese im stillen, sie hatte wirklich alles bis ins Kleinste ausgeklügelt.
„Das hört sich wirklich gut an, und ich bin fast versucht, Weihnachten bei Euch zu verbringen, um dieses Spektakel mitzuerleben", war sie am Ende überzeugt, doch dann hielt sie kurz inne und meinte:
„Ich muß schon sagen, ausgerechnet das Fest der Freude und Versöhnung für solche vernichtende Operation auszusuchen, ist schon fast makaber, aber" und sie winkte ab, als Carmen zur Erklärung ansetzte, „ich habe es schon verstanden, es ist wirklich der geeignetste Zeitpunkt, ohne Frage."
Carmen nickte.

„Ich habe alles besorgt und im Keller deponiert. Es war gar nicht so leicht, es geheim zu halten. Ich würde jetzt gern mit Dir noch einmal den Bestand kontrollieren und dann von Dir in die komplizierte Technik eingewiesen werden. Und denk' bitte daran", erhob sie mahnend ihren Zeigefinger, „ich habe nur die Zeitspanne des Gottesdienstes zum Aufbau dieser Höllenmaschine zur Verfügung."
Evchen nickte, und die beiden stiegen nebeneinander hinab in den Keller und waren so ausgelassen und unbeschwert, daß ein Unbeteiligter den Eindruck hätte gewinnen können, daß hier ein Freudenfest vorbereitet werden sollte, und dabei hätten jetzt schon beide wegen versuchten gemeinschaftlichen Mordes ins Kittchen wandern können.

*

Dennis Gewissen machte ihm nun doch arg zu schaffen. So kurz vor dem Ziel kamen ihm Zweifel, ob er wirklich das Recht hatte, durch das Auslöschen eines Menschenlebens seinen inneren Frieden zurückzugewinnen. Aber er sah keine andere Möglichkeit, dafür hatte Gudrun ihm in letzter Zeit zu sehr zugesetzt. Zeitweise hatte er schon an Selbstmord gedacht. In dieser Richtung hatte er bei seinem Freund eine Bemerkung fallen lassen. Dieser war erregt auf ihn zugegangen und hatte ihn durchgeschüttelt.

„Dann lieber dieses ‚Luder'“, hatte er ihn angebrüllt.

Dennis ging nochmals alles durch, obwohl er in den letzten Tagen gar nichts anderes mehr tat.

Plötzlich klopfte jemand zaghaft an seine Bürotür, und ohne sein ‚Herein' abzuwarten, stand Carmen bereits im Zimmer. Hastig sprang er auf und ging ihr rasch entgegen.

„Liebling, warte einen Moment, ich... ich bereite gerade noch eine Überraschung für Dich vor, Du weißt doch, morgen ist Heilig Abend“, log er und konnte es nicht verhindern, daß er errötete.

Etwas verwundert, aber doch nachgebend, drehte sie sich um, hielt sich die Hände vor das Gesicht und tastete sich lachend aus dem Büro.

„Wie stellst Du Dir überhaupt das Weihnachtsfest vor?“ blickte sie ihn auf dem Flur offen und fragend zugleich an. Es war das erste Mal, daß sie über die Feiertage sprachen. Komisch, dachte sie im stillen, in diesem Jahr haben alle, auch die Kinder, nichts erwähnt, aber alle taten so geheimnisvoll. Lag das nur an ihrer Krankheit oder an dem angespannten Verhältnis zwischen den Eheleuten?

„Ich habe etwas Besonderes vorbereitet“, meinte er ein wenig unsicher und zog die Bürotür hinter sich zu.

Wenn Du wüßtest, welche Überraschung ich für Dich habe, triumphierte sie innerlich.
„Kommt Gudrun auch?“ fragte sie unvermittelt scheinheilig.
„Das sollst Du entscheiden Liebling“, tat er beiläufig, aber lauerte auf Ihre Antwort.
„Ach, wenn es Dir nichts ausmacht, können wir es doch so wie immer halten, findest Du nicht auch?“
Sie hatte bewußt gedehnt gesprochen, um bei ihm den Eindruck zu erwecken, als ob ihr dieser Gedanke gerade erst gekommen wäre.
„Soll mir recht sein“, ließ auch er so ganz nebenbei fallen, doch insgeheim rieb er sich die Hände. Bis jetzt läuft alles nach Plan, stellte er zufrieden fest.
„Mir auch, dann schlafe gut in den Heiligen Abend hinein, vielleicht ist es das letzte gemeinsame Fest in dieser Besetzung“, konnte sie sich diese kleine Spitze nicht verkneifen.
Doch bei ihm kam sie völlig anders an. Er interpretierte sie so, daß sie ein nächstes Weihnachtsfest nicht mehr erleben würde. Er schaute ihr nach, und sein Herz zog sich zusammen. Du wirst es schaffen, du mußt es schaffen, und ab morgen abend werde ich Dir dafür den Weg endgültig gebahnt haben. Jetzt gab es für ihn kein Zurück mehr!

*

Gudrun hielt eine Haarspange im Mund und versuchte vor dem Spiegel, den Haarzopf zu bändigen, doch es klappte nicht so recht, und so schimpfte sie laut vor sich hin. Ihre Stimmung war ohnehin auf dem Nullpunkt angelangt. Auf der einen Seite verweigerte ihr die Hausbank jegliche zusätzliche Kreditaufnahme und machte ihr die ‚Hölle' heiß, ihre Werbeschule zu verkleinern. Auf der anderen Seite drohte auch ihr Plan mit Dennis zu scheitern. Sie wollte nur dieses Weihnachtsfest abwarten, dieses Fünkchen Anstand besaß sie noch. Doch gleich danach würde sie aufs Ganze gehen. Das hatte sie sich geschworen. Ohne mit der Wimper zu zucken, war sie fest entschlossen, ihn wegen seiner unlauteren Geschäfte zu erpressen.

„Das sollst Du mir jedenfalls büßen", trommelte sie mit ihren kleinen Fäustchen energisch gegen die Wand. Noch immer aufgebracht, schaltete sie das Radio aus. Das Gedudele am Heiligen Abend ging ihr auf die Nerven, und ihr graute schon vor dem heutigen Kirchgang. Doch ihr war klar, daß auch sie um Zugeständnisse nicht herumkam, wollte sie ihr Ziel überhaupt noch erreichen.

Gerade hatte sie eine CD eingelegt, da ertönte in der Diele der Gong. Mit hochgezogener Augenbraue schaute sie auf ihre goldene Armbanduhr: 10 Uhr, wer wollte denn heute um diese Zeit

etwas von ihr? Bei Familie Messmer hatte sie sich erst um 16 Uhr 30 angesagt.
„Wer ist da?“ bediente sie unfreundlich die Sprechanlage.
„Dreimal darfst Du raten, mein Liebling!“ erwiderte jemand auf der andern Seite der Leitung, und Gudrun glaubte, in Ohnmacht fallen zu müssen. Das durfte doch nicht wahr sein, nein das konnte nicht wahr sein. Sie meinte, die Stimme ihres Ex-Mannes erkannt zu haben. Sie mußte sich verhört haben.
„Hast Du Deine Stimme verloren?“ riß der Anrufer sie aus ihrem Gedankenwirrwar.
Mein Gott, das mußte er sein. Ihr Herz begann zu rasen, und sie wußte gar nicht so recht warum. Sie war plötzlich sehr aufgeregt, und nur mit Mühe gelang es ihr, die Türkette zu lösen. Bevor sie öffnete, warf sie noch einmal einen prüfenden Blick auf ihre Haarpracht, und dann standen sie sich gegenüber.
„Da staunst Du was?!“
Mit einem strahlenden Lächeln stand der braungebrannte Mann vor ihr in der Diele und umarmte sie stürmisch. Sie hatte gar keine Chance, sich zu wehren, und ihre Gedanken überschlugen sich förmlich. Er war es, und er sah gut aus, noch besser als früher, stellte sie erregt fest und registrierte auch, daß sie bei seinem Anblick errötete.

Das ärgerte sie zugleich, weil sie ihm diesen Anblick unter keinen Umständen gönnte.
„Komm, laß' Dich anschauen, Kleines! Du bis ja die reinste Schönheitskönigin", ließ Stefan Seiffert seine Ex-Frau gar nicht zu Wort kommen, sondern drückte sie erneut an sich. Sie wand sich aus seiner Umklammerung und schob ihn sanft, aber bestimmt zurück.
„Was verschafft mir denn die Ehre Deines Besuchs?"
Sie versuchte es mit Ironie, doch sie merkte selbst, daß es eigentlich dumm von ihr war. Zum Glück ließ er sie nicht auflaufen, sondern reagierte gekonnt auf gleiche Weise:
„Ich möchte die Prinzessin auf das Schloß meiner Träume entführen."
Dabei verbeugte er sich galant und deutete einen eleganten Handkuß an.
Und wieder konnte Gudrun nicht verhindern, daß sie rot anlief. Sie gab sich einen Ruck und wollte ihn hineinbitten. Doch er kam ihr erneut zuvor:
„Bist Du denn gar nicht neugierig und läßt mich hereinkommen?"
„Doch, doch", stotterte sie und machte ihm Platz.
„Kann ich Dir etwas anbieten?" fiel ihr im Augenblick nichts Gescheiteres ein, und sie spürte seinen intensiven Blick. Um ihm nicht völlig unterlegen zu sein, ging sie zum Angriff über:

„Also nun hör' bitte mal zu. Du schneist hier herein und tust so, wie wenn nichts gewesen sei, oder hast Du bei all Deiner Träumerei vergessen, daß wir inzwischen rechtskräftig geschieden sind!"
Am Schluß hatte sie sich wieder völlig in der Gewalt und ging ein paar Schritte zurück, um die nötige Distanz zu wahren.
Doch er lächelte, stand ganz einfach nur da, und seine perlweißen Zähne blitzten. Sie konnte seinem Blick nicht standhalten, und das ärgerte sie am meisten. Doch bevor ihr ein erneuter Vorstoß gelang, ergriff er abermals die Initiative:
„Gudrun, entschuldige bitte, aber Du sprachst vorhin so affektiert, da konnte ich nicht anders, als es Dir mit gleicher Münze heimzuzahlen, ich hoffe sehr, daß Du mir das nachsiehst. Du wirst mich ja sicherlich noch in Erinnerung haben, denn Du hast mir oft genug das Kind im Manne vorgehalten.
Nun zur Sache: Ich bin hier, um Dich um Verzeihung zu bitten, Dich wieder zu heiraten und mit Dir als Geschäftsführerin in meine neu gegründete Firma für Werbetexter über den großen Teich zu fliegen, und bevor Du Dich voreilig entscheidest: Ich meine es wirklich ernst, und ich fahre ohne Dich auch nicht wieder weg!"
Das war zuviel für Gudrun. Sie mußte sich setzen. Was hatte er da gesagt? Doch sofort kamen ihr

Zweifel. Sie kannte ihn doch zu genüge mit seinen großartigen Versprechungen.
„Du scheinst mir nicht zu glauben“, erriet er ihre Gedanken, holte aus seinem Aktenkoffer einige Papiere und präsentierte ihr notariell beglaubigte Kopien über die Geschäftseinrichtung, die Bilanz des letzten Jahres und hielt ihr sogar den neuesten Kontoauszug triumphierend unter die Nase.
„Na vertraust Du mir jetzt?“ fragte er siegessicher, doch sie zögerte immer noch. Zuviel Enttäuschungen hatte sie mit ihm erlebt und dann noch die Geschichte mit der Blonden. Sie wollte ihm gerade endgültig einen Korb geben, da war er ihr wieder einen Schritt voraus:
„Ich weiß, ich war nicht besonders nett zu Dir. Um die Wahrheit zu sagen, ich war ein Scheusal. Aber Du kannst mir glauben, ich habe alles bereut, und ich bin schon einige Zeit allein und ...“, er legte eine kleine Pause ein ... „ich habe Sehnsucht nach Dir gehabt.“
Dabei legte er zärtlich seine Arme um ihre Schultern und blickte sie reumütig an.
Sie war unfähig zu antworten - konnte kaum einen klaren Gedanken fassen. So war er immer, mahnte eine innere Stimme. Aber vielleicht hat er sich wirklich geändert, war da ein anderer Gedanke. Sie hatte sich umgedreht, um nicht gänzlich von diesem Blick eingefangen zu wer-

den, und so sah sie auch nicht, daß er eine kleine Schatulle aus seiner Brusttasche hervorholte, den Deckel öffnete und ihr von hinten das Schmuckkästchen vor die Augen hielt. Sie erblickte unvermittelt zwei mit Diamanten besetzte Ringe. Nun war das Eis bei ihr geschmolzen. Sie drehte sich so abrupt um, daß er beinahe die Kostbarkeiten verlor, umarmte ihn und küßte ihn leidenschaftlich.

„Ich mache Dir einen Vorschlag", nutzte er die erste Kußpause. „Ich habe zwei Plätze in einem Flieger für uns reservieren lassen. Du kannst Dir über die Feiertage alles in Ruhe bei mir ansehen und dich dann endgültig entscheiden. Ist das ein faires Angebot?"

Nun war der Bann gebrochen, und alle Bedenken waren restlos zerstreut.

Was hatte sie denn noch zu verlieren? Für einige Sekunden dachte sie an ihre hiesigen Probleme, ja an die fast ausweglose Situation, so daß sie ihm eigentlich nur dankbar sein konnte, und das war sie dann auch!

„Wann geht eigentlich die Maschine, Liebling?"

Gudruns Hände glitten sanft über Stefans beharrte Brust. Sie hatte im Augenblick gar keine Lust mehr, sich von ihm zu trennen.

„Um 17 Uhr, mein Schatz", gab er ein wenig

müde zurück. Doch das änderte sich, als er auf die Uhr sah. Mit einem Satz sprang er auf:
„Es wird höchste Zeit, wenn ich bei Dir nicht wieder ‚untendurch' sein will", meinte er zwar scherzhaft, ließ aber anhand seiner Aktivitäten keine Zweifel daran, daß wirklich Eile geboten war.
Dann um halb fünf war es endlich soweit. Mit ihren gepackten Koffern traten sie auf die Straße und winkten dem ankommenden Taxi.
„Zum Flughafen bitte", sprachen beide wie aus einem Munde. Lachend stiegen sie ein, und das Auto rollte an.
Nicht ahnend, daß sie hauchdünn einem dreifachen Tod entronnen war, lehnte sich Gudrun entspannt, aber zugleich erwartungsvoll zurück. Auf sie wartete ein neues Abenteuer.

*

Ungeduldig schaute Dennis auf die Uhr. Es war schon zehn Minuten nach halb fünf, und Gudrun war bisher noch nicht aufgetaucht.
Die Situation im Hause war ohnehin sehr angespannt. Man sprach kein Wort miteinander und ging seinen eigenen Gedanken nach. Schließlich stand ja für jeden etwas auf dem Spiel: ein Menschleben sollte ausgelöscht werden.
Am ausgeglichensten zeigte sich Carmen. Sie hatte sich schick zurechtgemacht, trotzdem war

es ihr nicht gelungen, die Spuren ihrer todbringenden Krankheit völlig zu vertuschen. Gewissensbisse hatte sie gar keine, sondern sie freute sich jetzt schon auf den triumphalen Erfolg, den sie dann sofort mit Evi auskosten wollte.
Marc ging in Gedanken nochmals alle Details durch, und seine Schwester fürchtete sich vor den Folgen. Sie betete, was sie nie zuvor getan hatte. Nur mühsam konnte sie ein Zittern ihres Körpers unterdrücken.
Der Hausherr erlebte in diesen Minuten wohl die stärksten Gefühlsausschläge. Seine rechte Hand hielt verkrampft die Ledertasche, in der die Todeswaffe für Gudrun lag; hoffentlich ging auch alles gut. Auch er schickte Stoßgebete gen Himmel.
In diese Stille schrillte das Telefon. Alle fuhren zusammen und starrten auf den Kasten.
Dennis war der erste, der sich von dem Schrekken erholt hatte; er tat einen unsicheren Schritt nach vorn und griff zum Hörer.
„Messmer“, kam es brüchig über seine Lippen.
„Hallo Dennis“, hörten alle über die Mithöreinrichtung Gudruns fröhliche Stimme.
„Ich wollte nur sagen, Ihr müßt ohne mich feiern, ich bin schon mit einem Bein in der Maschine nach New York. Ich hab’ meinen Stefan wieder. Er hat mich auf eine Traumreise entführt, und ich träume bereits. Aufnimmerwiedersehen ! !“

Klick! Und schon hatte sie aufgelegt. Dennis legte den Hörer auf die Gabel und schaute von einem zum anderen. Auf den Gesichtern war nur Fassungslosigkeit zu lesen und sonst gar nichts.

Es dauerte mehrere Minuten, bis Carmen sich als erste räusperte:

„Entgegen meiner sonstigen Gewohnheit werde ich heute mit in den Gottesdienst kommen. Ich glaube, ich habe Grund, meinem Herrgott zu danken." Sprach's und ergriff ihre Handtasche. Stumm nickten die anderen und wollten gerade gehen, da läutete zum zweiten Mal innerhalb weniger Minuten das Telefon.

Diesesmal war es die todkranke Frau, die sich meldete, und wieder hörten alle mit.

„Frau Messmer, fein, daß Sie selbst am Apparat sind, der Herr Professor möchte Ihnen etwas sagen", vernahm sie die freundliche Stimme seiner Sekretärin. Carmens Herz schlug höher; war es jetzt soweit, kam nun die Stunde der Wahrheit, die sie im stillen immer weit von sich geschoben hatte?

„Frau Messmer, Sie sind ein Glückskind!"

Sie zuckte förmlich zusammen, so hatte sie sich erschrocken, als der Arzt sie mit diesen Worten begrüßte.

„Ich wollte es nicht versäumen, es Ihnen zum Fest der Liebe persönlich zu sagen. Ihre Werte haben

sich entscheidend verbessert. Mit anderen Worten: Wir stehen vor einem Wunder oder noch anders ausgedrückt: Der da oben war Ihr größter Arzt ..."
Carmen hörte gar nicht mehr hin; sie legte den Hörer auf und schaute durch alle hindurch. Sie spürte sie kommen, die Tränen, aber sie hielt sie nicht zurück, sondern ließ ihnen freien Lauf.

Der Pastor schaute verwundert hoch. Solch einen eindrucksvollen Gesang hatte er auch am Heiligen Abend nur selten vernommen. Er sah in die Gesichter der Familie Messmer in der ersten Reihe: Sie sangen voller Begeisterung und mit ganzem Herzen:
„Oh du fröhliche, oh du gnadenbringende Weihnachtszeit!!!"

Tödliche Experimente

Gerd Bachmann legte den Bleistiftstummel fein säuberlich zu den anderen Schreibutensilien, peinlich darauf achtend, daß er genau neben seinem schwarzen Füllfederhalter zu liegen kam! Kritisch ließ er seinen Blick über den aufgeräumten Schreibtisch schweifen und nickte dann zufrieden. Erst jetzt konnte er sein Büro beruhigt verlassen. Der Lohnbuchhalter zog seufzend seine Krawatte fester. Im Gegensatz zu seiner Frau war ihm Unordnung ein Greuel. Corinna belächelte ihn nicht nur wegen seines krankhaften Ordnungssinnes, sondern ließ es gelegentlich zu einem handfesten Ehekrach kommen. Anfänglich hatte er bei derartigen Szenen großzügig Nachsicht geübt, aber in der letzten Zeit zeigte er sich mehr und mehr von der streitbaren Seite, zumal er den Verdacht hegte, daß hinter den Sticheleien seiner ‚besseren Hälfte' noch jemand als Anstifter steckte. Er kam nicht mehr dazu, den Faden weiterzuspinnen, denn es klopfte. Sein Chef steckte den Kopf in die Tür.

„Mensch Bachmann, immer noch hier? Machen Sie Feierabend und gönnen Sie sich und ihrer Frau was Gutes!" Sprach's und verschwand.

Bachmann stand eine Weile regungslos da und starrte durchs Fenster. Er sah nicht das sich im Wind wiegende Gras und die bunte Blütenpracht im Vorgarten des Bürohauses. Seine Gedanken waren wieder bei Corinna. Was hatten sie sich alles vorgenommen, als sie sich vor 10 Jahren zum ersten Mal verliebt in die Augen geschaut hatten. Und was war daraus geworden? Das Schicksal hatte ihre Familienplanung völlig durcheinandergewirbelt. ‚Sie werden niemals Kinder bekommen können', hatte ihr der Frauenarzt schonungslos offenbart. Nach dieser schlimmen Nachricht hatte sie sich abgekapselt und ihn häufig schroff abgewiesen, wenn er bei ihr Zärtlichkeit gesucht hatte.
Gerd Bachmann preßte die Lippen hart aufeinander und klemmte sich seine Aktentasche unter den Arm. Er verspürte Bitterkeit, als er mit dem Fahrstuhl nach unten fuhr.

*

„Ich finde, er paßt gut zu Dir!"
Corinna Bachmann lächelte ihre Mutter an. Seit Jahren pflegten sie mittwochs ihren nachmittäglichen Kaffeeklatsch, den sie sich beide nach Möglichkeit durch nichts nehmen ließen. Dabei schluderten sie über alles und jeden.

„Er will mich mit auf eine Kreuzfahrt nehmen, weißt Du, gleich nach seiner Pensionierung."
Die Augen Ilse Pfeiffers leuchteten und wurden feucht.
„Ich freu' mich für Dich", streichelte Corinna ihre Hände. „Möchtest Du noch einen Schluck!"
„Laß man, Corinnchen, Dein Mann wird gleich hier sein, und du weißt, daß ..."
„Ich weiß, er kann Dich nicht ausstehen", unterbrach die Ehefrau ihre Mutter barsch.
„Das ist es ja, was mich krank macht!" Corinna kämpfte mit den Tränen.
„Ich ... ich kann so nicht mehr mit ihm leben. Ich ... liebe ihn nicht mehr", kam es tonlos über ihre Lippen.
„Ich war von Anfang an gegen Eure Hochzeit!" Die Augen der Mutter funkelten.
„Das ist doch kein Mann, das ist ein Schlappschwanz!!"
Sie konnte sich so richtig in Rage reden, wenn sie dieses leidige Thema berührten.
Corinna stand auf. Merkwürdig, als ihre Mutter vor Jahren so über ihren Mann herzog, da tat es ihr sehr weh, und sie hatte ihn stets verteidigt, aber heute ließ sie solche Sticheleien kalt, im Gegenteil, sie erkannte ihre Leere, ihre Freudlosigkeit noch deutlicher.
Ihr wurde immer klarer, daß sie sich nichts mehr

zu sagen hatten, ja sie hatte sich derart von ihm entfremdet, daß sie jeglichen Annäherungsversuch als Ekel empfand.
„Laß Dich doch endlich scheiden!" schien ihre Mutter ihre Gedanken erraten zu haben.
„Das hab' ich mir auch schon überlegt, Mutter", meinte die unglückliche Tochter und biß sich auf die Lippen, „aber ich... hab' doch eigentlich gar keinen triftigen Grund, verstehst Du? Überleg' doch selbst! Soll ich dem Gericht sagen, daß ich einen 'Schlappschwanz' zum Mann habe!? Damit mache ich mich doch lächerlich! Nein! Nein! So geht das nicht!"
„Heutzutage braucht man keinen Grund mehr!" kam die alte Dame aus ihrem Sessel hoch, sackte aber gleich wieder zusammen, weil ein stechender Schmerz in der Herzgegend ihr den Atem nahm.
„Mutter, nun reg' dich nicht gleich wieder so auf! Du kennst doch Dein schwaches Herz! Ich möchte dich nicht auch noch verlieren!"
Corinna war mit einem Schritt bei ihr und öffnete die Bluse.
„Ich hol' Dir rasch ein Glas Wasser."
Sie war gerade auf dem Sprung, da hörte sie die Wohnungstür klappen. Ihre Mutter hielt ihre Hände umklammert und flüsterte ihr ins Ohr: „Ich glaube, ich hätte da eine Lösung für Dich."

Weiter kam sie nicht, denn in diesem Augenblick betrat Gerd Bachmann das Wohnzimmer.

*

Hans Kiekbusch schaute mit Verachtung auf seine Beute. Alles ziemlich wertloser Plunder. Er fegte laut fluchend den ganzen Ramsch vom Tisch. „Wenn das so weiter geht, wird mir nichts anderes übrig bleiben, als ehrlich schuften zu gehen!"
Er stand auf und kickte einen vergoldeten Leuchter derart gegen die Wand, daß die Kerzen zu Bruch gingen.
„So'nen Quatsch nimmt mir doch niemand ab!"
Der Berufsganove, der sich in einem Städtchen vor den Toren Lübecks bei einer wohlhabenden älteren Dame zur Untermiete einquartiert hatte, war als Einbrecher mit allen Wassern gewaschen. Er blieb nirgendwo länger als drei Monate, und bisher hatte er auch ganz gut ‚abgesahnt'. Aber hier im hohen Norden schien die Sendung ‚Die Kriminalplizei rät!' bei den Menschen auf fruchtbaren Boden gefallen zu sein. Fast nirgendwo stieß er bei seinen ‚Touren' auf Bargeld oder Schmuck, so daß er aus purer Verzweiflung auch solchen Krimskrams mitgehen ließ, auf dem er aber bis jetzt sitzengeblieben war.
Hätte er auch nur im entferntesten erahnen können, daß der ältere Herr mit den grauen Schläfen,

der heute morgen so liebenswürdig mit seiner Vermieterin geplauscht hatte, der Nachbar, ein scharfsinniger Kriminalkommissar war, so hätte er wohl schleunigst seine sieben Sachen gepackt und wäre abgehauen, doch so war er völlig ahnungslos und sah deshalb auch keinen triftigen Grund, das Jagdrevier ohne eine lohnende Trophäe zu wechseln! Und außerdem war da noch etwas, was ihn in Bad Schwartau hielt. Das hübsche Gesicht einer Blondine ließ selbst sein abgebrühtes Ganovenherz schneller schlagen, und sein Gesicht verzog sich zu einem breiten Grinsen.

*

Gerd Bachmann tupfte sich ein paar Krümel vom Mund ab und schaute seine Frau an. Doch diese würdigte ihn keines Blickes, sondern war ganz in ihrer morgendlichen Tageszeitung vertieft oder tat zumindest so. Wütend knüllte er die Serviette zusammen. So ist es jeden Morgen, dachte er grimmig. Alle Versuche, mit ihr ins Gespräch zu kommen, wurden von ihr entweder ignoriert oder abgewürgt. Nur wenn ihre Mutter auftauchte - meistens unangemeldet - erkannte er sein Weib nicht wieder. Sie war dann plötzlich ein ganz anderer Mensch. Natürlich wußte Gerd, daß seine Schwiegermutter ihn nicht ausstehen konnte, ja mehr noch: Er fühlte, daß sie ihn regel-

recht haßte. Lange hatte er alles geschluckt, was ihm an feindseligen Spitzen entgegengeschleudert wurde. Doch in der letzten Zeit konnte er die immer offeneren Demütigungen kaum noch ertragen. Am allermeisten setzte ihm dabei zu, daß Corinna sich immer häufiger auf die Seite ihrer Mutter schlug. Diese gemeinsame Front machte ihn innerlich kaputt, so kaputt, daß er sich gegen Mordgedanken, die er selbst teuflisch nannte, kaum noch wehren konnte.
„Ich fahr' am kommenden Wochenende mit Mama nach Wyk. Wir haben uns da für ein paar Tage einquartiert!" unterbrach seine Frau ihn abrupt in seinen Gedanken.
Sein Herz krampfte sich zusammen. Er konnte sich vor Wut kaum noch beherrschen.
„Einfach so ?!" Mehr brachte er nicht heraus.
„Einfach so !" erwiderte sie lakonisch, ließ die Zeitung auf den Tisch fallen und erhob sich. Für sie war die Unterhaltung beendet.
Gerd knirschte mit den Zähnen.
„Jetzt ist Schluß !" zischte er. „Jetzt gibt es kein Zurück mehr !"
In seinem Kopf begann es zu arbeiten. Geräuschvoll rückte er seinen Stuhl nach hinten und wollte gerade aufstehen, da fiel sein Blick auf die riesengroßen Lettern einer Schlagzeile in der Zei-

tung. Interessiert las er weiter, und dann schaute er triumphierend hoch!

*

Werner Buchholz grinste zufrieden und schaute auf den dünnen Aktenstapel auf seinem Schreibtisch. Er hatte ihn mächtig abgearbeitet. Nur noch ein paar Tage, dann konnte er in den ‚wohlverdienten Ruhestand' treten, wie sein Chef, der Kriminalrat, in der letzten Zeit immer häufiger frotzelte. Merkwürdig, heute freute er sich mächtig auf seine Pensionierung. Noch vor ein paar Monaten drehte sich ihm der Magen um, wenn er auch nur an diesen unausweichlichen Termin dachte. Schmunzelnd lehnte er sich in seinem Schreibtischsessel zurück. Seit dem Tode seiner Frau vor vier Jahren hatte er sich in die Arbeit gestürzt und privat in sein Schneckenhaus zurückgezogen. Selbst seine Tochter hatte es nicht geschafft, ihn aus seiner Einigelung zu locken. Doch seit gut vier Wochen gab es einen Lichtblick. Dafür hatte Ilse Pfeiffer, seine Nachbarin gesorgt. In einer Art, die er gar nicht näher beschreiben konnte, hatte sie sich ihm, dem ‚Rauhbein' genähert. Sie hatte das geschafft, was niemand für möglich gehalten hatte: Ihre liebenden Sonnenstrahlen hatten sein Herz erreicht! Und deshalb konnte er ihre gemeinsame Kreuzfahrt kaum

erwarten, die … das Telefon klingelte, und seine Schreibkraft riß ihn aus den Träumereien.
„Denken Sie noch an die Wohnungseinbrüche, Herr Buchholz? Sie wollten die Serie dem Kollegen Bertram geben!"
„Wenn ich Sie nicht hätte, Frau Schröder, dann …", ulkte der Kommissar, doch er kam nicht weiter, da sie ihn abrupt unterbrach: „Ich hab's ja nur gut gemeint!" Klick!
Aufgelegt! Nicht gut drauf heute morgen, die Dame, aber sie hatte ja recht! Das einzige, was ihm noch unter den Nägeln brannte, war die Einbruchsserie in der Hansestadt und Umgebung, die ihn seit gut zwei Monaten in Atem hielt. An sich unterschied sie sich nicht von anderen Serien dieser Art, aber etwas ließ den alten Hasen doch unruhig werden. Dieser Typ Einbrecher scheute sich nicht, in Wohnungen einzudringen, auch wenn die Eigentümer schliefen oder gemütlich beim Fernsehen saßen. Diesen Nervenkitzel nahmen nur wenige Ganoven dieser ‚Branche' in Kauf. Wer so weit ging, riskierte sicherlich auch einen Zusammenstoß mit dem Opfer, gleichgültig wie der ausging.
Natürlich wäre es ihm am liebsten gewesen, diesen Burschen noch selbst vor seiner Pensionierung zur Strecke zu bringen, doch das konnte er sich wohl abschminken. Seufzend klappte er den

Aktendeckel zu, nicht wissend, daß sich auch ein alter Fuchs einmal gründlich irren konnte.

*

Corinnas Mutter hatte es sich in ihrem Wohnzimmer auf der Couch gemütlich gemacht und sah fern. Es war ein schwüler Sommerabend, und so hatte sie das Wohnzimmerfenster weit geöffnet. Doch die stickige Luft wollte einfach nicht weichen. Die Beamtenwitwe nutzte einen Werbeblock, ging ins gegenüberliegende Schlafzimmer, öffnete die Balkontür, ließ beide Türen weit offen und sorgte so zumindest für ein wenig Durchzug. Kräftig durchatmend legte sie sich wieder hin, gerade rechtzeitig, denn die Handlung hatte wieder begonnen. Normalerweise liebte sie ‚Western' über alles, und besonders John Wayne hatte es ihr angetan, aber heute konnte Ilse Pfeiffer sich nicht so recht konzentrieren. Zu sehr war sie in ihrer Gefühlswelt hin- und hergerissen. Einerseits sah sie sich schon in Begleitung ihres frischpensionierten Werners an Bord des vornehmen Passagierdampfers ‚Queen Elizabeth', aber auf der anderen Seite ging ihr ihre Tochter nicht aus dem Kopf. Morgen früh sah sie für sie die große Chance, ihren Mann, diesen ‚Klotz am Bein', loszuwerden. Hoffentlich blieb Corinna auch bis zum Schluß standhaft, ansonsten sah die alte

Dame schwarz. Je mehr sie darüber nachdachte, um so aufgeregter wurde sie. Plötzlich wurde ihr die Luft knapp. Sie quälte sich mühsam von ihrer Couch hoch und wollte ins Schlafzimmer, um ihre Pillen zu holen. Es war inzwischen ganz dunkel geworden. Sie tastete nach dem Lichtschalter und fühlte plötzlich eine Hand!

*

Corinna Bachmann hastete durch die Straßen. Sie war spät dran. Hoffentlich klappte alles so, wie es mit Ihrer Mutter abgesprochen war. Die unglückliche Ehefrau hatte eine furchtbare Nacht hinter sich. Kein Auge hatte sie zubekommen. Immer wieder waren ihre Gedanken um den Plan gekreist. Skrupel waren gekommen und gegangen, aber zum Schluß hatte sie sich durchgerungen. Sie hatte gar keine andere Wahl, wenn sie nicht den Rest ihres Lebens an der Seite eines Mannes verbringen wollte, der ihr nichts mehr bedeutete.
Noch zwei Querstraßen, dann war es geschafft! Corinna schaute auf die Uhr. Gleich elf. Sie hatte mit ihrer Mutter abgemacht, daß diese gegen zehn die Wohnung verlassen und nicht vor 12 Uhr zurückkommen sollte.
Völlig außer Atem stand sie wenig später vor der Wohnungstür ihrer Mutter und schloß auf. Ohne Umschweife steuerte sie das Schlafzimmer an,

um ihren Plan in die Tat umzusetzen, da schrie sie vor Entsetzen auf. Quer in der Tür lag Ilse Pfeiffer auf dem Rücken, offensichtlich bewußtlos. Corinna war wie gelähmt. Sie sah die offene Balkontür und die Unordnung vor dem Kleiderschrank. Allmählich löste sich bei ihr die Starre. Sie mußte handeln. Ihre Mutter brauchte unbedingt Hilfe! Hoffentlich war es nicht schon zu spät. Ganz schwach konnte sie ihren Puls fühlen. Vom Flur aus telefonierte sie über Notruf mit dem Rettungsdienst. Die Minuten des Wartens kamen ihr wie Stunden vor. Endlich hörte sie das ‚Martinshorn', und kurze Zeit später wurde ihre Mutter auf einer Trage abtransportiert. Eine böse Ahnung beschlich sie. Corinnas Herz schnürte sich zusammen.

„Sie müssen den Überfall der Polizei melden!" rief ihr einer der beiden Rettungssanitäter noch zu, und dann raste der Krankenwagen davon.

Sie hatte die Polizei nicht vergessen. Einen Moment zögerte sie und staunte über sich selbst, daß sie in dieser Situation schon wieder so klar denken konnte. Aber sie konnte das Rad ohnehin nicht mehr zurückdrehen. Corinna hielt sich genau an die Abmachung, die sie mit ihrer Mutter getroffen hatte. Zum Schluß zauberte sie ein kleines Hämmerchen aus ihrer Rocktasche und schlug von außen die Balkontürscheibe in Griffhöhe ein. Nach einem prüfenden Blick war sie zufrieden, und jetzt erst alarmierte sie die Polizei.

*

Kommissar Buchholz kämpfte mit seinen Gefühlen. Solch einen Abschied am Ende seines bewegten Berufslebens hätte er nicht einmal seinem ärgsten Feind gewünscht. Seine Ahnung über diesen skrupellos vorgehenden Wohnungseinbrecher war also zur bitteren Wahrheit geworden. So wie es aussah, mußte Ilse Pfeiffer den Ganoven überrascht und dabei eine Herzattacke erlitten haben. Äußere Spuren von Gewaltanwendung waren bei ihr jedenfalls nicht gefunden worden. Die Ärzte kämpften um ihr Leben, und das war es, was ihn schier aus der Fassung brachte. Die zarten Knospen ‚seiner' Herbstblume schienen geknickt. ‚Du mußt dich zusammenreißen', gab er sich einen Ruck. Schließlich wußte er nicht einmal, ob die Tochter etwas von seiner Beziehung wußte.
Diese saß im Wohnzimmer ihrer Mutter vor ihm und weinte ein Papiertaschentuch nach dem anderen naß.
„Hier, diesen Knopf haben wir im Schlafzimmer gefunden", tastete er sich behutsam vor. Sie schaute kaum hoch, sondern schluchzte weiter.
„Gehört der vielleicht Ihrer Mutter?" ließ er nicht locker. Jetzt wischte sich Corinna zum x-ten Mal

die Tränen aus dem Gesicht und warf einen kurzen Blick auf den Knopf. Sie schüttelte den Kopf und sackte wieder in sich zusammen.

„Bitte, Frau Bachmann, Sie würden uns sehr helfen!“ versuchte es der Kommissar noch einmal, obwohl ihm selbst ganz übel war. Am liebsten hätte er diesen Fall abgegeben, doch andererseits hatte ihn wegen des rücksichtslosen Vorgehen des Verbrechers die Wut gepackt. Diesen Unmenschen würde er höchstpersönlich vor den ‚Kadi' zerren!

Jetzt griff die Frau zögerlich nach dem Knopf und schaute sich ihn etwas genauer an.

„Nein, das kann ja nicht sein“, murmelte sie.

„Was kann nicht sein?“ faßte Buchholz sofort nach. Die Trauernde schüttelte den Kopf.

„Für einen Augenblick dachte ich, der Knopf gehört zur Jägerjacke meines Mannes, aber wie gesagt, das kann ja nicht stimmen!“

Sie schaute den Kommissar mit verquollenen Augen an. Der war ein paar Sekunden verwundert.

„Vielleicht hat Ihr Gatte ihn hier verloren.“

„Ja, das wird es sein“, nickte sie, „aber...“

„Was aber?“

„Na ja, wissen Sie, mein Mann und meine Mutter konnten nicht miteinander. Er, er ist seit Jahren nicht hier gewesen“, druckste sie herum und schaute auf den Fußboden.

Buchholz wurde hellhörig, konnte sich aber im Moment keinen Reim daraus machen.
Bevor er das Gehörte so richtig verdauen konnte, klingelte in der Wohnung das Telefon.
„Soll ich?“ sah der Kommissar die Tochter an, erhob sich, als diese schwach nickte und nahm den Hörer ab. Blaß und mit zusammengekniffenen Lippen legte er nach wenigen Sekunden wieder auf. „Das war das Krankenhaus. Ihre Mutter hat...“, doch weiter kam er nicht, denn er mußte zuspringen, um die ohnmächtig werdende Tochter seiner Freundin aufzufangen.

*

Die beiden Eheleute Bachmann saßen sich schweigend im Eßzimmer gegenüber. Ein jeder ging seinen Gedanken nach. Sie saß da wie ein Häufchen Elend und hatte völlig rotgeweinte Augen. Der Tod ihrer Mutter hatte ihr schier das Herz gebrochen. Nun war sie ganz allein. Ihren Mann hatte sie endgültig abgeschrieben, jetzt erst recht, und sie bereute es in keinster Weise, die Spur auf ihn gelenkt zu haben.
Gerd Bachmann vergrub sich hinter der Zeitung und hatte Mühe, seine Genugtuung nicht offen zu zeigen. Jetzt nach dem Tod seiner so verhaßten Schwiegermutter würde er alles daran setzen, seine Frau zurückzugewinnen. Er hatte Zeit - und wenn es Jahre dauern sollte. Er wollte mit aller

Macht die ausgeblutete Beziehung zu seiner Frau wieder ‚aufzupäppeln', sozusagen das Fünkchen Liebe erneut anfachen.
Innerlich zufrieden faltete er das Tageblatt zusammen und rückte gerade den Stuhl nach hinten, da schrillte die Flurglocke.
Ein wenig verdrießlich darüber, wer noch kurz nach 20.00 Uhr etwas von ihnen wollte, ging er zur Tür.
„Guten Abend, Herr Bachmann, Buchholz mein Name. Ich, ich weiß nicht, ob Sie mich kennen, ich bin von der Kripo und..."
„Ja, was gibt's um diese Zeit?" unterbrach ihn der Hausherr ein wenig ungehalten.
„Ich bitte um Nachsicht", entgegnete der Kommissar leicht lächelnd, „aber ich hätte da noch ein paar Fragen, die Sie betreffen. Darf ich reinkommen?"
Sein Gesicht wirkte freundlich, aber doch bestimmt, und Gerd Bachmann nickte brummend.
Im Wohnzimmer kam der Ermittler ohne große Umschweife zum Thema.
„Können Sie mit diesem Knopf etwas anfangen?" fragte er gezielt den Ehemann und schaute ihn dabei forschend an.
„Kann ich so nicht sagen", drehte Bachmann den Knopf hin und her und zuckte dann mit den Schultern.

„Darf ich mir Ihre Garderobe ansehen? Ich erkläre Ihnen gleich, warum das für mich so wichtig ist!"
„Ja, natürlich, wenn's der Wahrheitsfindung dient!" meinte der Buchhalter spöttisch und ging voran ins Schlafzimmer.
Buchholz stutzte kurz, schaute sich dann aber die Anzüge sorgfältig an, und erst zum Schluß zog er ein Jackett im Jägerlook heraus, prüfte die Knöpfe und stutzte zum zweiten Mal.
„Sehen Sie hier, Herr Bachmann, der Knopf am linken Ärmel sieht anders aus als die übrigen. Er ist auch mit einem andersfarbigen Garn angenäht worden. Haben Sie ihn erneuert?" Wieder der forschende Blick des Kommissars.
Bachmann war mehr als erstaunt.
„Das gibt's doch gar nicht. Natürlich nicht! Solch einen Pfusch würden Sie bei mir nicht erleben!" reagierte er aufgebracht.
„Gnädige Frau, haben Sie vielleicht..."
„Nein!" unterbrach Corinna sofort. „Mein Mann näht seine Knöpfe immer selbst an. Ich mache ihm das nicht gut genug", lächelte sie ironisch und triumphierte innerlich.
Buchholz rieb sich die Nase.
„Ach, kennen Sie eigentlich Ihre Blutgruppe?" fragte er unvermittelt den verdutzten Ehemann.
„Können Sie mir erst einmal erklären, was das Ganze soll?" begehrte dieser auf.

„Verzeihung, ich vergaß Ihnen zu sagen, daß dieser Knopf im Schlafzimmer Ihrer Schwiegermutter gefunden wurde. An sich noch nichts besonderes, aber ich tappe zur Zeit völlig im dunkeln und gehe jedem Indiz nach."

„Und dazu gehört auch, daß Sie meine Blutgruppe haben müssen. Na, meinetwegen. Kommen Sie bitte."

Der Ehemann ging voraus, und im Vorbeigehen meinte er, in den Augen seiner Frau so etwas wie Schadenfreude erkannt zu haben. Auf seinem Schreibtisch herrschte natürlich peinliche Ordnung, und so war es nicht weiter verwunderlich, daß der Bürokrat Bachmann nach wenigen Handgriffen den gelben Ausweis vom Deutschen Roten Kreuz in der Hand hielt.

Dem Kommissar genügte ein kurzer Blick, und er war im Bilde.

„Ja, Herr Bachmann, es tut mir leid, aber …", weiter kam er nicht, denn in diesem Augenblick stieß Bachmann mit seinem rechten Arm gegen den Aktenberg, so daß der Stapel ins Rutschen geriet und auf dem Fußboden landete.

Buchholz ging gleich dem Ehemann in die Knie, um beim Aufheben zu helfen, da sprang ihm ein ausgeschnittener Zeitungsartikel ins Gesicht.

*

„Und Sie bleiben dabei?“ Der Vernehmungsrichter schaute den völlig verzweifelten Gerd Bachmann streng an.
„Wie oft soll ich Ihnen noch sagen, ich habe mit der Sache nichts zu tun!“
Er wußte nicht, wie er den Hals aus der Schlinge ziehen sollte.
„Bachmann, der Knopf...“, schaltete sich der Kommissar ein, doch der genervte Buchhalter sprang auf und schrie: „Den muß ich dort verloren haben, irgendwann mal!“
„Das Dumme ist nur, daß Ihre Frau behauptet, daß Sie Ihre Schwiegermutter nicht ausstehen konnten und seit Jahren nicht mehr in der Wohnung...“
„Ach meine Frau! Für die ist das doch nur ein ‚gefundenes Fressen', mich loszuwerden!“ winkte er ab.
„Möglich, möglich“, nickte der Richter bedächtig, „aber da wäre noch das Taschentuch mit den Blutflecken, ebenfalls im Schlafzimmer...“
„Es gibt doch noch mehr Menschen mit meiner Blutgruppe oder etwa nicht?“ fuhr der angebliche Mörder aufgeregt dazwischen.
„Ja, natürlich, aber was ist mit dem Zeitungsartikel mit der Überschrift ‚Von Einbrechern zu Tode erschreckt', den Sie fein säuberlich mit einem Filzer eingerahmt...“
„Ja, verdammt noch mal. Ich habe ja zugegeben,

daß ich die Idee reizvoll fand, weil ich sie wirklich gehaßt habe und so nicht mehr weiterleben wollte, aber Gedanken sind ja wohl noch frei und nicht strafbar!“

Er schaute beschwörend von einem zum anderen, doch die Blicke der beiden waren eindeutig.

Der Richter erhob sich.

„Herr Bachmann, die Indizien wiegen zu schwer! Ich muß Sie in Untersuchungshaft nehmen lassen. Herr Buchholz, walten Sie Ihres Amtes!“

Nach wenigen Sekunden klickten die Handschellen um Bachmanns Handgelenke.

*

Samstagmorgen. Drei Menschen in Schleswig lasen die Schlagzeile in der Zeitung besonders intensiv: ‚Schwiegermuttermörder bleibt trotz heftigen Protestes in Haft!‘ Corinna Bachmann hätte trotz des inneren Schmerzes über den Verlust ihrer Mutter eigentlich Grund gehabt, sich die Hände zu reiben. Sie hatte ihr Ziel erreicht - mehr als das. Aber gerade dieses kleine bißchen ‚Mehr‘ ließ etwas von ihrem triumphalen Gefühl abbröckeln. Gewiß, sie hatte ihn loswerden wollen, aber nun hatte man ihm den Stempel eines Mörders aufgedrückt, und daran hatte sie zu knabbern. Tränen traten in ihre Augen, nicht weil er ihr leid tat, nein, sie mußte in diesem Moment an ihre Mut-

ter denken, die diese Idee mit dem vorgetäuschten Einbruch in ihrer Wohnung gehabt hatte. Hätte sie diese katastrophalen Folgen auch gewollt? Die von Zweifeln geplagte Frau schüttelte energisch den Kopf. Nein - da war sie sich sicher, soweit wäre auch sie nicht gegangen.
Corinna Bachmann biß sich auf die Unterlippe; sie war ratlos. Natürlich hatte sie die Spuren gelegt, aber ... Plötzlich schoß ihr etwas durch den Kopf. Dieser Artikel! Da war ja noch der Artikel in der Zeitung! Den hatte sie nicht unter seinen Aktenberg geschmuggelt. Sollte er etwa doch selbst? Nun wußte sie gar nichts mehr. Corinna erhob sich abrupt.
„Ich muß Klarheit haben!"
Sie hielt es zu Hause nicht mehr aus, schnappte sich ihre Handtasche und verließ fast fluchtartig die Wohnung.

Werner Buchholz leistete seine letzte Unterschrift und klappte nachdenklich den Aktendeckel zu. Eigentlich hatte er am Schluß doch noch gute Arbeit geleistet. Zwar liebte er Schlagzeilen nicht besonders, aber er war überzeugt, den heimtückischen Mord geklärt zu haben. Sicher, ein Geständnis hätte die Ermittlungskrone vollständig geziert, aber so wie er diesen Buchhalter einschätzte, würde der ohnehin noch ‚kippen', da

gab es für ihn gar keinen Zweifel. Doch damit sollte sich sein Nachfolger abplagen. Auf ihn wartete ja die Pensionierung, ein Feierabend, den er gerade zuletzt herbeigesehnt hatte und nun – sein Herz begann zu brennen. Erschrocken hatte er in den letzten Tagen erleben müssen, wie sehr ihm der Tod seiner Herbstliebe zugesetzt hatte. Mit Grauen dachte er an die Leere, die auf ihn zukam. Allerdings hatte er noch ein Eisen im Feuer, das sein Chef schmieden wollte. Schulterzuckend und immer noch reichlich geknickt wollte er gerade seine ‚sieben Sachen' zusammenpacken, da klingelte das Telefon.
Reichlich unlustig griff er zum Hörer. Doch was er sich dann anhören mußte, ließ ihn mehr als einmal schlucken.

Die Fahndung nach Hans Kiekbusch lief auf Hochtouren.
Kommissar Buchholz kaute auf seinem Bleistiftstummel. Ihm gegenüber saßen zwei Frauen.
„Und Sie sind sich völlig sicher, Frau Wolgast?"
Die jüngere von den beiden Damen nickte heftig.
„Ich hab' ihn vor zwei Monaten in unserer Disco kennengelernt, ein netter Kerl, aber doch irgendwie merkwürdig."
„Was meinen Sie damit?" hakte Buchholz stirnrunzelnd nach. Er glaubte nämlich zu träumen.

Wenn das stimmte, was die junge Dame da behauptete, dann …

„Ich wußte nichts über ihn, woher er kam, was er machte und überhaupt, wie er sein Geld verdiente.“ Sie hielt kurz inne. „Und dann die Sache mit dem Artikel heute morgen, Sie wissen doch, der Einbrecher, der die Rentnerin zu Tode erschreckt hatte …“

„Ja, ja, Frau Wolgast, jetzt nochmals ganz genau. Was sagte er, als er ihn gelesen hatte ?“

Buchholz hatte sich gespannt nach vorn gebeugt.

„Na, ja so sinngemäß: Mein Gott, das hab' ich nicht gewollt oder so ähnlich und dann schnellte er wie von der Tarantel gestochen hoch, und weg war er !“

„Dann hat er also meine Mutter auf dem Gewissen !“

Die andere Frau in seinem Büro war erregt aufgesprungen.

„Es scheint so, Frau Bachmann, aber warum haben Sie uns verschwiegen, daß Ihre Mutter ein Souterrainzimmer vermietet hatte…“

„Ich weiß es ja auch nicht, warum mir das nicht eingefallen ist und außerdem…“

„Und außerdem haben Sie sich recht spät darauf besonnen, einzugestehen, uns auf eine falsche Fährte gelenkt zu haben…“

Weiter kam der verärgerte Ermittler nicht, denn es meldete sich ein Kollege über die Sprechanlage:

„Chef, wir haben ihn. Er hat uns auch sein Versteck gezeigt ...“
„Na und? Ist auch das Geld aus der Wohnung der Witwe Pfeiffer ...“
„Ja, Boß, auch das!!!“
Kommissar Buchholz stand abrupt auf, sah durch die beiden Damen hindurch und hörte sich selbst sprechen: „Mir bleibt aber auch wirklich nichts erspart!“
In diesem Moment riß der Kriminalrat die Tür auf: „Gratulation Buchholz. Ihr Antrag als Dozent an der Fachhochschule in Kiel ist durch. Ab Montag können Sie die angehenden Kommissare ins Schwitzen bringen!“
Und weg war er wieder. Er ließ einen total sprachlosen Buchholz zurück.

Die grauen Gefängnistore öffneten sich. Gerd Bachmann trat ins Freie und holte erst einmal tief Luft. Er war in den mehr als 40 Stunden hinter Gittern um Jahre gealtert.
Er konnte sich nicht so recht über seine wiedergewonnene Freiheit freuen, zu sehr fürchtete er das, was vor ihm lag.
Der gepeinigte Ehemann gab sich einen Ruck und trottete los - er wußte nicht, wohin. Der Nieselregen machte das holprige Kopfsteinpflaster glitschig. Er hielt den Blick nach unten gerichtet

und sah sie erst spät - die Beine. Erschrocken schaute er hoch und sah geradewegs in das Gesicht seiner Frau.
Beide standen da und sprachen kein Wort. Sie blickten sich nur in die Augen - minutenlang. Dann nahm er ihre Hand, und sie gingen schweigend die Straße runter. Beide hatten sie einen ‚dornigen Weg' vor sich.

Inhalt

Rainer Ballnus

Ich wurde 1944 in Tilsit/Ostpreußen geboren und bin als gelernter Kriminalist an der Polizeidirektion für Aus- und Fortbildung in Eutin im Lehrbereich Psychologie als Kommunikationstrainer tätig. Es ist mir ein ernstes Anliegen, das Instrument der Sprache als das ‚Handwerkzeug' des Polizeibeamten herauszustellen und die Menschen zu befähigen, sachlich wirksam und zielsicher zu argumentieren und Konfliktsituationen souverän zu handhaben.

Mein erstes Sachbuch - Erfolg durch Sprache - unterstützt durch den Plauderton dieses Vorhaben.

Kriminalistisches Gespür und psychologisches Fingerspitzengefühl sind bei meiner Leidenschaft des Schreibens wesentliche Wegbegleiter.

Rainer Ballnus

Der Fall ist klar, Herr Kommissar!

Kriminalgeschichten, die das Leben schrieb,
aus der **NDR WELLE NORD**-Serie

64 S., broschiert, ISBN 3-929596-05-9, DM 9,80

Ein im Dienst ergrauter Kriminalist in Schleswig-Holstein schlägt sich nicht nur mit Mördern herum und schießt wild durch die Gegend - nein, viel spannender sieht sein Arbeitsalltag aus! Nicht verschweigen wird auch, daß der Kommissar unverhofft selbst in Schwierigkeiten gerät.

Deutlich wird, daß er ein Mann der Praxis ist, der sich lieber auf seine Spürnase verläßt, als sich mit der modernen Computertechnik auseinanderzusetzen.

Verlag Michael Jung

Postfach 2604, 24025 Kiel

Detlef Wolff

Keilers letzter Fall

Krimi

Tatort: Schleswig-Holstein

80 S., broschiert, ISBN 3-929596-11-3, DM 12,80

Ein Mädchen ist ermordet worden, und ein Junge will unbedingt der Täter sein. Aber Kommissar Keiler glaubt ihm kein Wort. Dabei könnte er es sich leicht machen und den letzten Fall vor seiner Pensionierung einfach als erledigt zu den Akten legen. Weil jedoch jeder Beruf seinen Ehrgeiz hat, entwickelt Keiler keine Theorie sondern einige Aktivitäten, bei denen er unter der Oberfläche geruhsamen Kleinstadtlebens auf etliche Merkwürdigkeiten stößt.

Verlag Michael Jung

Postfach 2604, 24025 Kiel